Gelegenheitsverse und Albumblätter

Heinrich von Kleist

[Für Wilhelmine von Kleist]

Ich will hinein und muß hinein, und sollts auch in der Quere sein.

[Frankfurt a.d.O. 1791?]

Dein treuer und aufrichtiger

Bruder und Freund

Heinrich v. Klst.

[Für Luise von Linckersdorf?]

Geschöpfe, die den Wert ihres Daseins empfinden, die ins Vergangene froh zurückblicken, das Gegenwärtige genießen, und in der Zukunft Himmel über Himmel in unbegrenzter Aussicht entdecken; Menschen, die sich mit allgemeiner Freundschaft lieben, deren Glück durch das Glück ihrer Nebengeschöpfe vervielfacht wird, die in der Vollkommenheit unaufhörlich wachsen, – o wie selig sind sie!

[Wieland]

[Potsdam, 1798?]

Hymne an die Sonne

Über die Häupter der Riesen, hoch in der Lüfte Meer,

Trägt mich, Vater der Riesen, dein dreigezackigter Fels.

Nebel walten

Wie Nachtgestalten,

Um die Scheitel der Riesen her,

Und ich erwarte dich, Leuchtender!

Deinen prächtigen Glanz borge der Finsternis,

Allerleuchtender Stern! Du der unendlichen Welt

Ewiger Herrscher,

Du des Lebens

Unversiegbarer Quell, gieße die Strahlen herauf,

Helios! wälze dein Flammenrad!

Sieh! Er wälzt es herauf! Die Nächte, wie sie entfliehn –

Leuchtend schreibet der Gott seinen Namen dahin,

Hingeschrieben

Mit dem Griffel des Strahles,

»Kreaturen, huldigt ihr mir?«

– Leuchte, Herrscher! wir huldigen dir!

[nach Schiller]

den 13. Juli 1799

am Morgen als ich von der Schneekoppe kam

Heinrich Kleist ehemals Lieut.i.Rgt.Garde

Wunsch am Neuen Jahre 1800 für Ulrike von Kleist

Amphibion Du, das in zwei Elementen stets lebet,

Schwanke nicht länger und wähle Dir endlich ein sichres Geschlecht.

Schwimmen und fliegen geht nicht zugleich, drum verlasse das Wasser,

Versuch es einmal in der Luft, schüttle die Schwingen und fleuch!

H.K.

Wunsch am Neuen Jahre 1800 für den General und die Generalin von Zenge

Sieben glücklicher Kinder glückliche Eltern! Das nenn ich

Doch noch ein Glück, an das, wahrlich, kein Neujahrswunsch reicht!

Soll ich euch doch etwas wünschen, so sei es dies einzge: es finde

Euch ein Neujahr zu wünschen niemals ein Dichter den Stoff.

H.K.

[Für Sophie Henriette Wilhelmine Clausius]

Es gibt Menschen, wie die ersten Arabesken; man versteht sie nicht, wenn man nicht Raphael ist.

Berlin, den 11. April 1801

Heinrich Kleist

[Für Henriette von Schlieben]

Tue recht und scheue niemand.

Mit dieser hohen Lehre, welche Sie zugleich in der Demut und im Stolze, über Ihre Pflichten und über Ihre Rechte unterrichtet, erinnere ich Sie zugleich an die *christliche Religion,* an eine gute Handlung, an einen schönen Abend und an Ihren Freund

Heinrich Kleist, aus Frankfurt a/Oder.

Dresden, den 17. Mai 1801

[Für Karl August Varnhagen]

Jünglinge lieben in einander das Höchste in der Menschheit; denn sie lieben in sich die ganze Ausbildung ihrer Naturen schon, um zwei oder drei glücklicher Anlagen willen, die sich eben entfalten.

Berlin, den 11. August 1804

Wir aber wollen einander gut *bleiben*,

Heinrich Kleist

[Für Adolfine von Werdeck in ein Exemplar von Mendelssohns »Phädon«]

Wo die Nebel des Trübsinns grauen, flieht die Teilnahme und das Mitgefühl. Der Kummer steht einsam und vermieden von allen Glücklichen wie ein gefallener Günstling. Nur die Freundschaft lächelt ihm. Denn die Freundschaft ist wahr, und kühn, und *unzweideutig.* –

H.K.

[Für Theodor Körner]

Glück auf! Was in der Erde schießet,

Das Gold, das suchst du auf.

Das, was dein Herz, o Freund, verschließet,

Vergißt du nicht. Glück auf!

Dresden, Mai 1808

H.v. Kleist

[Für Eleonore von Haza]

Kleines, hübsches, rotköpfiges Lorchen! Ich wünsche dir soviele Freuden, als Schlüsselblumen in dem großen Garten blühn. Bist du damit zufrieden? – Und auch einen hübschen Maitag, um sie zu pflücken!

Dresden, den 12. Juni 1808

H.v. Kleist

An S[ophie] v. H[aza]

(als sie die Kamille besungen wissen wollte)

Das Blümchen, das, dem Tal entblüht,

Dir Ruhe gibt und Stille,

Wenn Krampf dir durch die Nerve glüht,

Das nennst du die Kamille.

Du, die, wenn Krampf das Herz umstrickt,

O Freundin, aus der Fülle

Der Brust, mir so viel Stärkung schickt,

Du bist mir die Kamille.

[Dresden 1808]

H.v.K.

[Für Adolfine Henriette Vogel]

Mein Jettchen, mein Herzchen, mein Liebes, mein Täubchen, mein Leben, mein liebes süßes Leben, mein Lebenslicht, mein Alles, mein Hab und Gut, meine Schlösser, Äcker, Wiesen und Weinberge, o Sonne meines Lebens, Sonne, Mond und Sterne, Himmel und Erde, meine Vergangenheit und Zukunft, meine Braut, mein Mädchen, meine liebe Freundin, mein Innerstes, mein Herzblut, meine Eingeweide, mein Augenstern, o, Liebste, wie nenn ich Dich? Mein Goldkind, meine Perle, mein Edelstein, meine Krone, meine Königin und Kaiserin. Du lieber Liebling, meines Herzens, mein Höchstes und Teuerstes, mein Alles und Jedes, mein Weib, meine Hochzeit, die Taufe meiner Kinder, mein Trauerspiel, mein Nachruhm. Ach Du bist mein zweites besseres Ich, meine Tugenden, meine Verdienste, meine Hoffnung, die Vergebung meiner Sünden, meine Zukunft und Seligkeit, o, Himmelstöchterchen, mein Gotteskind, meine Fürsprecherin und Fürbitterin, mein Schutzengel, mein Cherubim und Seraph, wie lieb ich Dich! –

[Berlin, November 1811]